遥かなる山河

古田光秋

文芸社

目次

遥かなる山河

ポルトガル大地の風

コルク樹林の風

視界の限り、濃い緑、コルク樹林
野路の香り、そよ風にいざなわれ
台地を越え、谷へ下り、高原を駆ける
コルク巨樹の森の草地
湿地、湖、川の水辺
赤い牛、黒い牛、白い羊の群れ
広大な盆地、豊壌の沃野
菜園、トウモロコシ畑、麦畑、ブドウ園
五人、十人と共に働く村人たち

小高い丘ごとに、ダイダイ色屋根の農家
真夏、炎天の暑気、乾いた風
渇き、疲れ、歩みはとまる
こなた、かなた、巡礼者たちの姿
野にうつろう、かげろうのよう
涼気、コルク樹の木陰
樹林のかたわらに、湧き水、せせらぎ
のどを鳴らし、地の水を味わう
ふんわりとした、なごやかな気分
リュックを置き、頭をのせ寝転ぶ
しばしのまどろみ、目覚めの時、身近に
紫、黄色、青い花々を知る
花の風、草の風、コルク樹の風
よみがえる生気、はつらつとした活気
太陽の大気、胸に満ち

遠い道、足取りは軽やか

潮風

朝日と共に、中世の街並み、城郭を出て
樹林を抜け、豊かに連なる山々へ入る
渓谷を渡り、峠を越え、森林の道を辿り
汗にまみれ、風の荒野へ出る
風に追われ、地に這い伏す低木林
土にぴったりくっつく草、小さい花々咲く
風、吹き渡る草原の小路
点在する岩石、奇岩、風化した土塊
一心に祈る修道僧たちのよう
高まる風の音、風の野原
潮の香か、波の音か、潮騒か

開かれた大地、岬の突端、激しい海風
ヨーロッパ大陸、西の果て、突き出た岬
大地はここにつき、大海の息吹
断崖に吹きすさぶ
青いうねりの波、岩礁に白く砕け
荒波のただなか、おおしく天を指す
巨巌の岩肌に逆巻く
波頭の風、波頭のしぶき、波頭の光彩
潮流に触れんとし、ひるがえり
飛び交う海鳥、五羽、六羽
岩壁に、切れ切れにむせぶ潮風
断崖に命を宿す花々、草木
大航海時代
先駆者たち、冒険家たちの勇壮な意志
絶壁の海岸に別れを告げ

未知の大海へ船出した、勇者たちの志
今、旅人の思いは遥か
吹き倒されんとする五体
風に身をあずけつつ、黙して行く
大西洋、とめどなく広がる荒潮の渦
断崖絶壁の海岸
荒涼とした起伏に富む原野
一筋の踏み跡、旅人の道
浮雲の彼方へ、どこまでも続く
巡礼者たちの歩み、潮風の野
そよぎ、なびく、枯れ草のよう

中世の街風

陽光の空に高く教会の屋根

崩れつつもつながる、いにしえの城壁
石積みの見張り塔
王の紋章、覇者たちの彫像並ぶ
くすんだ厚い石壁の城門をくぐる
敷き詰められた色小石の歩道
またたく星々のきらめきのよう
白一色の壁、オレンジ色の屋根
密集した家々、込み入った迷路の街
笑顔で会話し、和気あいあいと歩く人々
広場へ通じる路地、二人の若いジプシー
束ねて結んだ茶色の頭髪、怪しく光る目
尖りぎみの鼻、頬は黒ずんだ暗色
赤く染めた薄い唇、両手首に銀色の腕輪
あらわな肩、腕、足に
謎めいた紋章の入れ墨

ぷくりと盛り上がった乳部
低い背丈、細い引き締まったちっぽけな体
胸に小型のジプシーギターを抱き
弾き鳴らし、かき鳴らし
前へ後ろに、右へ左へ、ステップ
小さな渡り鳥、川面の水遊びのよう
糧に窮する日々のつらさ、せつなさ
はかなみ嘆いているかのよう
放浪の民の芸の誇り、自由な旅の喜び
吟じ詠ずるかのよう
秘められた狂乱の肢体、官能への耽美《たんび》
さらけ出すかのよう
歌姫の声、哀愁のメロディー、弦の反響
流れつつ消える迷路、中世の街角
立ち止まり聞き入る者、素通りする人

それぞれに行き交う
荒立つ雑草そのもの、黒いちぢれた頭髪
太い鼻と分厚い唇に銀色の輪
赤銅色の顔面、黒々としたマユ、口ひげ
ぎょろり、ぎらりと動く目玉
不敵な面構え、中背、がっちりした体躯
全身に、さまざまな模様の入れ墨
歌姫の音調に、テンポを合わせ
両手に棒、その二つの棒で
三つ目の棒をくるくる回し、足踏みし
左右に振り回し、巧みに操る
ギター音色の高まりに合わせ
高く棒を投げ上げ、くるりと体を一回転
落下する棒、両手の棒で、素早くはさむ
芸人の女と男、黒一色の服

あらゆる束縛を拒む風貌
流木に、渡り鳥二羽のありさま
われ、遠い国からの旅人
路上の帽子に、一ユーロ入れる
四つの眼球、ぴかりと光り目礼
二つの口元、わずかにほほえむ
強い陽射しの広場
歴史英雄の騎馬像、大理石土台の噴水
噴き上がる水しぶきの上に浮かぶ
優美な姿態、白亜の彫像
右手に水つぼ、左手に一輪の花
なめらかな髪、肩に乱れ、散る花弁のよう
気品ある鼻筋、きりりとした可憐な唇
天を望む深い瞳、ふくよかな胸のふくらみ
「春の泉の女神」と記されている

子供たちは駆け回り、叫ぶ
家族の人々、木陰のベンチに憩う
広場の片隅、物乞いのジプシーの女
かなりの年増、でっぷりとした体
花壇を囲む石に、かけたり立ったり
呪文のようにつぶやき、平然とした顔付き
たれかれなしに手を出し、金を請う
濁った目、汚れた手足
荒れた灰色の頭髪、よれよれの黒い服
目もくれない者、避けて行く人
恵みの金は皆無
それでも、振り子のように、くり返す
モザイク状、色小石を敷き詰めた坂道
中世そのままの家々、ぎっしりと並び
工夫をこらし、飾り合う店々

混雑する旅人たちのざわめく流れ
丘の高台の広場、古代建造物の礎石
数十本、円柱のみ残る廃墟
ローマ帝国支配時代の遺跡
夏の陽光を浴び、謎めく
隣接し、空に豪然とそびえる教会
礼拝堂内、壁、天井、金銀に飾られた
列伝の聖者たち、幾多の宗教画
ステンドグラスの光のまばたき
正面の聖堂、苦悶する十字架上のキリスト
群集の静かな礼拝
われ、目を閉じ、長い合掌
教会の回廊、聖者、覇者たちの貴石の石棺
違和感を覚え素通り
堂々たる教会堂の礎石

国土回復軍の勝利、モスクの破壊
強固な礎石、完全な消滅にいたらず
再建、復活した教会堂
厳かな雰囲気、人種、富貴、卑賤を問わず
世界の旅人、礼拝者を受け入れる
ポルトガル苦難の歴史
古くは、ローマ帝国、剣の支配、統治
イスラム軍の侵攻、征服、覇権
異教徒の旗、数世紀
中世の街々、村々にひるがえる
反攻の時代到来、国土回復運動
ポルトガル、スペインの山河
数百年、戦火の煙
甲冑《かっちゅう》をまとい、槍を持った馬上の騎士軍
剣、盾の重装兵、軽装兵

僧、農民、商工者、流民、奴隷
武器を手に、戦場へ
多くの者、胸の白地に赤い十字
キリストへの信仰、同胞住む国土回復
戦いに自己の血を捧げる誓い
天を埋める十字架、各地域の紋章
押し寄せ進む大潮の人波
高々とひるがえる覇者、イスラムの戦旗
とどろく戦鼓、戦士たちの雄叫び
疾駆し地を揺るがす馬蹄、土煙
折れ散乱する三日月太刀、弓のつる
富者たちは、故国アフリカへ船出
日々の糧のみ、逃亡手段無き民衆
イスラム教徒、虐殺、奴隷
波荒し大西洋、絶望の海

アラーへの祈り、呻き、あがき、血の涙
戦場、死者無数、小石のごとく転がり
豊穣の山野、屍の荒れ野
ほまれ高き大陸、大いなる沃野、山岳
有史以来、渾然とした人種の坩堝
幾多の民族、文化、思想の溶鉱炉
各国家、各民族、混然の栄花興亡
戦争、共存、民族移住、婚姻、混血、融合
今、夏の太陽は平原に触れ
ポルトガル、ヨーロッパ、アメリカ
アラブ、アフリカ、アジア
あまたの国々の旅行者たちの言葉、声
住民の遊歩、迷路の街にあふれる夕べ
心をいやす教会の鐘の音
細い路地、カフェー、レストラン、店々

街角、街頭、広場のいたるところに灯
人々のにぎわい、会話
中世の街の家々、二、三階は住居の明かり
風の音、密やか

巨岩の風

朝もや、ほどよい涼気
まだ眠りからさめていない街
思いをとどめつつ、城壁を出る
郊外の野路、農家、庭園、果樹園、菜園
畑、池、小川、草地、森、湖
微風の分岐点、中央に平原の一本道
左方向、山岳への道
右手は川、川の左岸、急斜面の草地

右の岸に沿い、花々咲く小道
花の香に誘われ、木製の古い橋を渡る
花弁に見惚れ、花粉に顔を寄せる
つぶらな瞳、群生する野イチゴを味わい
川辺の草、花々を踏み、軽やかに行く
川面にはねる魚、繁みに鳥々のさえずり
沃野に広がるトウモロコシ畑、麦畑、果樹園
小高い丘ごとに集落
斜面に、牧草地、牛群、草刈機
牧舎の屋根、人々の動き
樹林、湖、草原
陽光を浴び輝く田園、菜園に収穫の村人たち
暑い太陽、熱い風、浮雲、二つ三つ
澄みわたる空、晴れやかな気分
川幅、いちじるしく広がり、豊かな水流

反転し、蛇行する流れ
目の前に瓦解し、朽ちた木造の橋
踏み跡は途絶え、岸辺は野生の花園
直感、捨てられた古道
時は過ぎ、対岸へ渡るすべ無し
この岸を行けば湿地、道なき危険な沼地
遅すぎた判断、軽率な行動、浅はかな考慮
引き返す足調《あしどり》、ずしりと重く鈍い
分岐点、失った半日、いや、一日
どっとのしかかる疲れ、草地に転がり
水を飲み、食べ物をほおばる
行くか、退くか
平原の一本道、幾組かの巡礼者
先行く歩みを見据え、前向きに立つ
野原、丘陵、谷、原野

足跡を辿り、足音せわしく、進む
風の動向、急変し、怪しい雲行き
ビュービュービュー、押し寄せる向かい風
さえぎられる歩行、ねばつく汗、息切れ
陽は薄れ、すでに黄昏の残照
肌寒い、湿った風
いつの間にか、前方の人影は消えた
立ちはだかる山容、急坂
一歩ごとに、全身のふしぶしが軋む
ますます黒雲迫り、異様な兆し
登り切り、開けた世界、高原
眼前に出現した驚愕
至る所に巨巌、林立する奇岩群
群小岩石の美しい散在
戦場に対陣し、突撃する各軍団

荒行の修験者たちが修練する峰々
晴れ舞台、踊り子たちの乱舞のよう
感嘆、讃美、危惧、恐れ
視線をこらし、じっと見入り探る
薄明かり、巨岩群の間、はっきりと浮き出る
白じらとした確かな道
疲労の鎖が手足を縛る
ぐっと息を吸い、気力を整える
「この岩石群を走破すれば、村がある
引き返す帰路は一日の行程、もう不可能だ
自分の歩行力にすべてをかけ
行く以外に、活路は無い」
覚悟を決め、この一路に望みをつなぐ
巨岩、奇岩、黄土の砂地、つながる山道
急ぎに急ぐ歩調、速足、疾歩

振りしぼる気力、小走りに踏みしめる靴
焦り、後悔、奮起、気概
タッタッタッ、連続し躍動する足音
入り乱れる感情の火花
「走破できるのか、倒れるのか
安易な選択への叱責、悔恨
愚かな判断、行動への自責、自省
怠惰への責め、とがめ
失敗への自戒、容赦なき卑下
挫《くじ》けんとする心身への鼓舞、叱咤
倒れんとする自己への必死の呼び掛け
失われんとする人生への無念、執着
過去のもろもろの愚行への許し」
心奥に沸き起こる思潮の渦
巨岩の石壁の太鼓に、共鳴しつつ響く

巨巌、流れ雲のように、次々と背後へ去る
行けども行けどもつきない、奇岩群
くねくねと曲がり、山地をあらわにえぐり
険しく上下する岩間の白茶けた道
「村への方向ではなく
　闇への歩みではないか」
疑惑、迷い、失望、恐怖
衰える歩み、なえる足
ガス状の霧雨、からみつく蛇の塊のよう
顔、手足に不気味にまとわりつく
「獲物に巻き付き、絞め殺す大蛇
　近くに潜み、不意をついて
　おそいかかってくるのではないか
　まちがいない、危機は急迫している」
苦しい息、気迫を駆り立て、前へ先へ

ザーッ、ザーッ、ザーッ、大粒、横殴り
肩を打ちすえ、腰を叩く、豪雨
もつれる両足、前のめり、ばったり崩れた
這い、両手を支えに、立ち上がろうとする
リュックを背負う、ずぶぬれの体
水浸しの泥、砂、小石に、もぞもぞ動く
絶望の斧、視界を断ち切る
岩肌を裂く雷鳴
天と地を浮き彫りにする稲妻、一瞬の閃光
ほんのすぐ前方、並ぶ、二つの巨岩
その上に重なる巌、真ん中は洞窟
両手のこぶし、両足を支えに
力の限り起き上がり、よろけ
一瞬のひらめき、救いの光
消えた岩窟、今は真っ暗い空間を目指す

つかみかかり、肩をむしる雷鳴
再び、倒れたら死だ
気根みなぎらせ、踏みしめる両足
一歩、二歩、三歩、生を求め前へ
ゴーッ、ゴーッ、ゴーッ、荒れ狂い
おそいかかる暴風雨
岩窟の入口、少し盛り上がった岩盤
右足をのせたせつな、不意に滑り
横倒し転がり、もがく、その瞬間、雷鳴
稲妻、耳を焼く落雷、火柱
首をかじる毒牙の衝撃、背骨を焦がす火炎
生命の本能、最後の気魂
猛烈に反抗し、すべてを跳ね返す
岩をつかみ、すがり、立ち、岩窟へ入り込む
震える手で、ライトをつける

洞窟、岩屋、岩窟、いや間道
三つの巨岩が、自然に創形した空洞
間道、入口から別の出口までの長さ
およそ、十メートル
間道の幅、ほんの一メートル弱
高さ、四、五メートルほどの岩屋
上部の空洞、二、三メートルほどの広さ
人々、巡礼者たちが通り抜けている痕跡
夜は獣の通り道か、蛇のねぐらか
小刻に震える冷え切った身心
間道の中央部、少し広い場所へ移る
服、靴を脱ぎ、タオルでふき、着替える
ぬれた衣服は足の下方に置き
すべての衣服を岩道にしく
リュックを楯、枕として

防寒着に包まり横になる
体の震えはとまっていない
ほっと息をつき、少し足を伸ばす
岩を叩く激しい雷雨、雷鳴、稲妻
山嵐、時折、乱射の流れ矢のごとく唸り
間道を暴走し威嚇、恫喝
「お前は己の獲物だ。逃がすものか」
暴威の悪魔、ここぞの時をうかがっている
のどが焼けるように渇く
腹を締め付ける飢え
一滴の水、一片のパンも残っていない
もう動き出す力は出てこない
冷たく固い、デコボコの岩床
岩の出っ張り突起を避け、体をずらし
横向きに身をまるめ、ライトを消す

漆黒の闇、岩の壁、ごつごつした岩床
ふしぶしがばらばらに壊れ
筋肉がしびれる疲労、細く弱い息
不吉な耳鳴り、刺がささったかのような頭痛
意識がぼやけ、幻影か、幻聴か
地底に、魔物たちがほくそ笑み
サソリらしき異物、這い寄る気配
身体の収縮、身近に死神、接近の兆候
「不知火海の潮流に育まれ、生まれ出た島々
海風の山々に、カシ、松、赤い椿、雑木林
島の南面の斜面に段々畑
谷川に沿い、麦と稲作のわずかな田畑
海岸の入江、内海の浜辺に漁村
岬の潮騒に一本釣りの小舟
父は船大工、母はあれこれの日雇い

中学卒業後、姉は遠賀地方へ年季奉公
農作業数年、働き振りが気に入られ
農家の息子とめでたく結婚
娘、息子生まれ、幸福な家庭
高速道路建設、潰された農地
大金を手に変身した夫、働くことを捨て
ギャンブルに熱中、歓楽街での放蕩《ほうとう》
破産、失踪、狂乱、自殺
けなげにも女手一つで二人の子を育てる
有名な家電メーカーの少年工
世界へ発送される電気製品
生産現場、埃、機器の異臭、淀んだ空気
残業残業、夜勤夜勤、休日出勤
コンベヤーの疾走、部品組立、単純労働
摩り切れ麻痺する手足、ふしぶしの痛み

離島育ちの自然児、苦しい息、吐き気
作業後、目まい、言葉を発する気力失う
どこかへ逃げたい、この世から消えたい
こびりつく雑念、虚ろな溜め息、虚脱
工員宿舎、四人一室、言葉無く眠る
部品の矢の雨、眼球、胸板に突き刺さり
口に泡ぶつぶつ、しばしば寝汗の悪夢
空気のきれいな田舎育ち、かなりの工員
結核に冒され喀血、工場から消える
日夜、労働の修練、自信、ささやかな誇り
毎月の給料、父母への仕送り、姉への支援
われ、学歴、技師資格無き者
この職場、好条件の生活基盤
零細企業労働現場、さらにさらに過酷
現実の直視、自覚、覚悟、肝が据わる

『わが社は合理化首切りは決してしない
社員は一心同体、すべて家族の一員』
資本勃興期、会社創設者の信条宣言、社訓
年々上昇する給料、社運内外に旺盛
管理者、社員の気勢盛ん、上下の絆強し
社長への讃美、尊敬、工場長への礼節、敬意
協調、友好、自負、自信、助け合いの社風
はつらつ、活気に満ちた女工さんたち
同職の明るい性格の娘と結婚
息子誕生、自宅建築、自家用車購入
島生まれの無産者、今や一国一城、主の気分
かみしめる諺、忍耐と勤労こそ幸福の源
聖者は言う、無常の風は時をえらばず
妖怪の妬み、敵意か
里帰りの妻と息子、悲惨な交通事故死

沈痛な日々、さらに、父母、相次いで死去
夏の海風、椿咲く坂道、島の丘、さえずる目白
母と父の墓石
妻、息子、木の墓標……」
幻覚、かすれる意識、乱れる残影
追憶の映像、闇の奥へ、ふっと溶け込んだ

大河の風

何か、暖かいものに包まれる感触
目を開け、半身を起こし、岩の壁に触れる
岩窟、間道に射し入り、全身を照らす朝の光
まばゆい陽光、石の寝台、石の壁
はっきりと蘇る生存の認識
身を整え、岩の壁を支えに足を運ぶ

岩石の門を抜け出し砂地に立つ
痛烈なのどの渇き、空腹
よろけつつも、両足で踏ん張り
しかと周囲を見回す
焦げ裂け転がる倒木の残骸
眼前に並ぶ、二つの堂々たる巨岩
その上に重なり、天をおおう巌
巨巌の岩肌を彩る、コケ、ツル、草花、樹木
見よ、巌の割れ目
霧の糸、風の糸、光の糸
空に三十センチ、あふれ出る一筋の湧き水
湧出する奇蹟の岩清水、一条の糸水
顔を寄せ思う限り、のどにそそぐ
全身にしみ入る湧き水の力
顔、頭、両手、腕、胸に、岩清水を浴びる

ふつふつと湧く血の流れ、気力の高揚
さんさんとふりそそぐ陽光、清新な風
関節の痛み、心のおびえはほとんど消滅
行くぞ、気迫満ち、確かな呼吸
大股の歩調、ぐいぐい進む
何という奇観、自然の造形美
黄昏の高原、驚異、讃美
各軍団の戦闘陣形、無慈悲な激突
陰惨な戦場に見えた巨岩群
今朝は、サバンナを行進する巨象群の壮観
這い回るガスに追われた夕闇
死刑執行隊、其の物の形相
背筋に死の恐怖を走らせ、おののいた
そそり立つ奇岩群
今日、原生林に並び立つ巨樹の偉容

激しい雷雨、散らばる岩石の群れ
飢えてうろつき、まとわりつくハイエナ
ぞっと身の毛よだち、おののき震えたのに
今、なごやかに草をはむ羊たちのよう
陽は高まり、奇岩帯は終わる
稜線の下りの雑木林
色さまざまな草木の花々
古里、島の野山に自生し繁茂する
熟知の木の実、草の実
しみじみと味わい、食べ、かみしめる
舌にしみ入る自然の味覚
なだらかな屋根、軽やかな足取り
小石、砂利、灰褐色砂地の荒野へ出る
あちらこちらに、石の墓石
或る石は傾き、半身を砂に埋め

別の石人、頭部一片、わずかにのぞかせる
古い時代
奴隷の身を逃れ、巨岩群を突破するも
力つき砂地に滅びた者たち
追手の槍に突き殺された賤民たち
添い遂げようと逃亡した二人、荒野に餓死
捨て石のような転石
行き倒れた放浪民たちの墓石
名も知れない遍歴者、巡礼者たちの死を悼み
積み上げられた小石の墓標
大半は、砂に埋没し見る人も無し
野を駆ける風のみ、巡礼者に吹き寄せる
花も草も木も育たない荒れ野
長い年月、涙、汗、望み、祈り
それぞれの思い、願いを秘め、踏み固められた

砂、小石、土塊、白茶けた一本の道
ひび割れたかのように痛む足にひるまず
ひたむきに歩み、進む
かさなり合う岩石の登り路
目にしみる斜面の草地、岩間に花々、植物
風かおる峠に立つ
眼下、銀色にさざめく大河
岸辺、ブドウ畑に囲まれた村、人々の影
上流、陽当たりのよい斜面に、点々と集落
視界の果てまで、ブドウ畑、菜園、青い山波
対岸、ブドウ畑、草原、森林
下流に遠く、高い丘の上、大きな街
街の空に歴史を映す建造物群
巨岩の険路は過去、暴風雨、落雷の試練
晴れやかな峠

未来に希望の河風

石段の海風

長い急坂の石段に海風
レストラン、カフェー、店、ぎっしりと続き
屋外のいたるところ、石段の踊り場
ずらりと並ぶ、テーブルに
飲み、食べ、談笑する旅人たち
石段を登る者、下りる人、大変なにぎわい
中世の街の建物、二階以上は住居
息を荒げて登る石段の頂上、展望高台
坂道、歴史の街、明滅する灯の銀河
夕なぎの海、ちらほらと漁舟の灯
丘に広がる迷路、灯火満ちる街頭

国内の来訪者たち、世界の旅人たち
手を取り合い、騒めきつつ歩く路地
風情をそえる流しの演奏者、歌い手たち
ここそこのレストランに料理の匂い
古風なレンガの建物、入口に二つの灯火
頭が触れるほどの高さ、分厚い木製の扉
薄暗い内部、小劇場レストラン
ほんのりとランプ灯る、壁ぎわの隅
木のテーブル席、洞窟遺跡のたたずまい
壁に、数々の絵巻絵画、さまざまの紋様
何処に迷い込んだのか、過去か現実か
自己の実在に戸惑い、辺りを凝視
各客席、それぞれに憩い談話し
ワイン、羊肉、パンを味わう人々
われも芳醇なワインの香りにうつろい

不可思議な雰囲気に夢想し、思いを巡らす
「権力の剣より逃れた者たちの隠れ家
海洋を流浪《さすら》う漂泊船の船室
恋に狂う者たちの密会の屋根裏部屋
旅芸人たちが足を休める宿泊所
呪文に酔う迷える者たち集う祈祷師堂
野心家たちの同盟結社の密室」
過去、現実を探る混沌とした思索
ホールの明かり、ぽっと広がり満ち
燃ゆる落陽、あかね空の色彩の出現
われ、遥かなる国からの旅人
熱い憧れ、ふくらむ期待
かき立てられる心情、長年の夢
謎めきつつ、ついに、ときめきの時は来た
壁に面した中央部、舞台は無い

来訪者テーブルの床と同じ高さ
三、四メートルほどの広さの床
三つの弦楽器、三人の演奏者
木枯らしに吹きちぎられ
空に、はらはら、くるくる舞い
散らばり落ち、地を駆け
哀しげにかさかさと鳴る
木の葉の別れの言葉、涙のよう
三者の指、楽器の弦、美妙に奏で
忘却の海に沈み、もはや幻となった
いたいたしい過去、埋葬した未練、怨念
耐えがたい悲哀、痛哭《つうこく》の記憶を
ありありと呼び覚まし問い掛けてくる
装いをこらし、愁い漂う歌人たち
五つの孤影、哀歌の吐息

いんいんと鳴りひびく、晩鐘の余韻のよう
独行道の旅の心を奪う
異様に大きな挑戦的な眼球、縮れた黒い頭髪
暗褐色の肌、黒い服、手袋、靴
メロディーに合わせ、組み合わせる両手
放浪民の気性、表情、浮き彫りの寂声《さびごえ》
中年の面差し、女の歌い手
灰色の背広、猫背、小柄な体
黒みをおびた肌色の少しゆがんだ顔
くぼんだまなこ、わずかに残る頭髪
流れのままの旅路、風のまにまに、あす知れぬ
千切れ雲の独り身、息、絶えんとして嘆く
しわがれ声、枯れ木のような、ひからびた老人
藤色のドレス、見事な肢体を包み
肩から腰までも埋める黒髪

見開く火の瞳、琥珀色、肌の光沢
熱狂の恋、悲劇をかもし出す深紅の唇
ランプの光を震わす、高い極みの歌声
まだ若い美の精、魅惑の歌姫
細長い面持ちの気品のある顔立ち
かすれ声、消えんとする音声の哀感
盆栽、黒松の古木のよう
かなりの年を経た、しめやかな貴婦人
まなこ、顔、両手を虚空に
破局、絶望に打ちのめされ
滅びの地に悶《もだ》えながらも、孤高を誇る生き様
振りしぼる悲嘆の旋律、頬に涙の滴
歴史絵画の悲劇の壁よりいでたかのよう
若くもなく老いてもいない、超然とした風貌
不屈の気根宿る男の歌い手

五人とも濃いジプシーの血色
弦の音色にすべてを託する三人の演奏者
ポルトガル、アラブ、ジプシーなどの血を引く芸術家たち
それぞれの歌声、メロディー、弦の音色
惨事、死別、苦難、病、零落の足跡
さまざまな時態の記憶の窓を叩き
破綻した生活の痕跡の扉を開け
挫かれ、惑い、転落した沼地、絶望の淵
今日、再生を求め、歩み行く者の胸に
木々の葉にそよぐ風のよう
峰々に、死者を告げる山寺の鐘の音のよう
問いかけ、呼びかけ、一つにとけ合う
「初恋への慕情
　心変わりした恋人への心残り
　母の墓標への娘子の花束

子の命日、ぬかずく母の祈り
みなし子の肉親への思慕
はなればなれに生きる兄弟姉妹の愛惜
苦界へ売られた娘の父母への愁い
無縁仏への墓守のつぶやき
死刑台の若者への親族の血を吐く叫び
権力の矢に射貫かれた、軀《むくろ》への民衆の哀切
断ち切られた友情への無念
獄窓に立つ反抗者たちの切望
鉱山の奴隷たちの呻き、咳、血痰
荒海になりわいをなす者たちの絆
土を耕す農民の大地への愛着
羊飼いの角笛の山びこ
山岳民の婚礼、村人たちの謡い、輪舞
スラム街に住む者たちの捨て身の笑い

流浪民の飢え、定め
異国の戦場からの帰還兵への畏敬
大航海後の肉親、友との再会の喜び
　許嫁が富者の女となった貧者の無言……」
夜の深まり、闇のとばりの漂いと共に
人生の流転輪廻、生と死
民衆、貧民のありのままの心情の発露
ファド、魂のこぼれ出る吐息
永遠につながり結び合う、イスラム草花の紋様
英雄、無名戦士たちの歴史絵巻
描き刻まれている壁に
涙を誘いつつ、なごり惜しげに消える
二つの灯、出口の木の扉の前に立つ
辛酸を印す容貌
盆栽の松の古木にも似た女の歌い手

われ、浮草の旅人、思いをとどめつつ握手
丘の広場、群衆の大いなる騒めき
数々の楽器の音響、歌声、夜の空にとどろく
幾多の合唱グループ、踊りの輪、演奏者たち
大衆の群舞、喚声、拍手
名も無き人々の片時の憩い、自由、解放
庶民の心の疼《うず》きのいやし
時代を超え、永久に受け継がれ
屍《しかばね》を重ねてもなお生き続ける
民のほとばしるエネルギー、不屈の証
深夜、下りの石段、吹き抜ける海風
街の灯、無限の点滅、天の河、群星の煌めき
ファドの余韻、旅の風、香《かんば》し

血の風、覚醒の風

石段を下り、人通りまばらな路地
ホテルの入口、ほんの二十メートル
逃走する二つの黒い塊
追い迫る四つの妖怪、魔物
一つの塊、石段を上へ、黒豹の疾走
二つ目の塊、急坂の石段に転倒
四つの獣、四つの武器、刃の攻撃
半殺しの蛇のように、身悶える塊
ピクピク痙攣し、動き途絶える
血に染まった石段、路地、血の臭い、血の風
四つの魔物の影、狭い路地へ消滅
ギャング抗争、殺人の風

宿の一室、異常な心臓の動悸
目の前、十五メートル、凄惨な殺人
息苦しく、眠ることはできない
「殺人事件のニュース、聞かない日は無い
世界各地に戦火の煙は絶えない
何故、人と人は殺し合う
殺人、最も邪悪な罪、巷に横行する殺し
罪とは何か、私は罪人か、罪人だ
無欠勤、無遅刻、無事故の模範工
従順な工員、働き蟻、自負、満足感、自慢顔
自分の腕で勝ち取った安定した生活
自分の勤勉で家族、妻、息子を守る自信
時折、心理のかげり、体内にうごめく虫
自分は管理職になれない平工員
工員の誇り、卑下、劣等感の交錯

他者との交際、対話などを好まず、回避
自分は自分、人は人
自分は穴に住むモグラでいい
空を支配する鷹ではない
成長、隆盛の日本
世界に栄名を広げる会社製品
突如、人生を崩壊させた妻、息子の惨死
自分も死にたい、死にきれない
生きたい、生きる意味が無い
働く目的を失い、手抜きの虚しい作業
周囲とのつながり、ますます疎遠
孤独、孤立、無視、嫌悪の日々
虚ろな休日、家にいたたまれず
家族三人、手をたずさえて歩いた街路
共に遊んだ川岸、野路をさ迷う

寂しい日没、通り抜ける場末のネオン街
ふらつく足調、ぐらぐらと倒れ
腐ったドブ板を破り転落
腐臭のドブ、ヘドロに、もがき、あがく
通り掛かりの闇に咲く花、二輪
同情、善意、真心、気転
バタつく転落者をドブから引き出し
泥だらけの肩、胸を強く叩く
ドッと泥水、ヘドロを吐き出し
ふっと息を吹き返す
ドブネズミのように、こそこそ
肩を落とし身をすぼめ、とぼとぼ歩く帰路
胸にチクチクと痛み、不吉な動悸
腹部に吐き気の苦痛
やっと着いた、寒々とした自宅

敷きっぱなしの湿ったフトンに倒れる
翌朝、半開きの玄関の扉
いぶかり訪れた隣人、仮死者を目撃
緊急入院、心筋梗塞
さらに、危険な内臓疾患診断
覚悟を決め、運命への同意
二度地獄に這い、医療により生還
親族の立ち合い無し
閉塞《へいそく》血管の解除、通しの処置
薬品の臭い、異様な機器群
白色の台上、身を置き、局部麻酔
数人の医師、連続する繊細、慎重な動作
危惧、期待、不安、三時間
疲労困憊の四時間
気力、思考力切れた絶望の五時間目

無事完了、救いの通知
にじみ出る涙と共に、感謝の心情
それほどの期間を経ず、内臓疾患手術
医師、看護師、麻酔師等
各医療スタッフの協力、連携、献身、誠意
手術テーブル、仰向けの身、不気味な恐怖
亡き妻、息子、父母、生の姉への思慕
もつれつつ遠くへ消滅
目覚めた病室、まばゆい電灯の明かり
脳髄、背骨、手足の関節
ねじ切られ焼かれた虚脱、無力感
一室、六つのベッド、淀んだ空気、異臭
患者たちの寝返りごとに、ベッドの軋み
病人たちの咳き込み、絞り出す痰、切れ切れの息
騒がしい病棟、入院する者、退院する者

死者の搬出、狂人の退去
同室の見舞客たちの耳を突く雑話
語り合う者はゼロ、孤独の時
昼と夜、恐ろしい時間の経過、空白
梅雨の豪雨、太陽の地熱
枯れ葉の駆ける音、窓辺の野の花々
ちらつく粉雪、肌寒さ
草花の臭い、木の葉の騒めき
やせ衰えた身体、筋肉の劣化、歩行の衰退
生きようとする意志、試み、廊下を歩き
患者たちのさまざまの生活模様を知る
気力を高め、階段を上下
時と共に、呼吸に弾み、芽生える望み
病院にも資産有無の区別、差異あり
当然、力有る者、一人一室、次は二人一室

順次、四人一室、六人一室
医療精神は尊重され献身、救済の心、健在
医師、その他への心付けおことわりの告示
姉と息子、娘との再会
思いもしなかった工場同僚たちの見舞い
隣人の病院訪問、談話
徐々に、血流の蘇生、精神の活性
模索、考察、思考、瞑想
他者の支援、勤労による自己の命の救助
一命を取り留めた者の感謝の念
覚醒の風、自照の風、退院
自宅売却、それぞれの支払い完済
再び無産者、同僚たちの推せんの声
働き蟻《あり》、熟練工への会社の配慮、恩情
職場復帰、工員寮住まい

再出発の時、心機一転、誠意ある労働
本を手にしたことのなかった工員
知識、光を求め、読書、探究の日夜
幾つもの学習講座受講、英語勉学
日本、アジア、世界歴史文献の読破
マルクスを読み、経済史、社会史を探索
同僚との対話、組合集会やメーデー参加
聖書を読み、隣人の提言に賛同
清掃活動ボランティア、慈善バザール手助け
コーランを読み、その思想の核心
給料の五パーセント、毎月、福祉事業へ喜捨決める
行動の果実、湧き出ずる心象
他者の喜び、自己の喜び
他者への敬意、常なる自省
或る日、グループの仲間と教会訪問

一五四九年、あまたの苦難を乗り越え
日本に渡来した最初のイエズス会伝道師
アジア諸国、日本、遍歴布教数十年
宣教の孤島、熱病に倒れ死去
フランシスコ・ザビエルの肖像画
墨染めのマント、僧衣
黒い頭髪、マユ、ヒゲ、気高い鼻筋
茶色の顔色、りんとした面持ち
祈りの両手、天を望む霊光の眼差し
言い知れぬ霊感に打たれ、思わず合掌
『謙遜、清貧、献身、正義
同胞愛、貧者と病者への奉仕
イエス・キリストの信仰による人類救済』
肖像画の下の枠に書かれている言葉
幾度か各宗派の教会堂を訪問していた

神の儀式を行う司祭たちの金銀の礼服
十字架上のキリスト
下半身を隠す一切れの布
心にわだかまる疑問、違和感、二つの存在
僧衣一枚の求道者の心性」
感銘深し

暴風圏

製鉄、造船、半導体、家電、国産製造業衰退
国の骨格を成す製造業の敗退、倒壊の危機
半導体、家電の壊滅的敗北
魚雷の直撃、激浪、沈没する巨艦隊のよう
消滅、断末魔の痙攣
年々内外に、不穏な情報、暗雲棚引き、窮迫

工場生産ライン稼働縮小、不安、疑惑、不信
異変、暗転、波乱、生産停止
世界のホテル、各家庭で、日本への親近感
敬意、好意のもとになっていたテレビ
大胆、適確な設備投資を怠り、技術革新軽視
あれよあれよという間に消滅
他国メーカーに駆逐され灰塵《かいじん》
工場に侵入した疫病、毒ガスの悪気
糧を断たれる恐怖、心理的恐慌
険悪な反目、陰気なさぐり合い
容赦ない攻撃、壊滅した信頼の根幹
はぐくまれた働く者同士の友情、絆
ずたずたに破裂、木材の木端
工場閉鎖、生産ラインに塵、首切りの暴風雨
吹き飛ばされる砂利、枯れ草

敗北、あきらめ、落胆、自失
散り散りに消える名も無き労働者たち
資本の論理、洪水、津波の暴威
働く者の願望、期待、訴え、社員功労賞
わずかに動いた反抗の核、社会の同情の声
すべて無力、無価値、ことごとく濁流の藻屑
倒れ強く機敏な者たち、柔軟に対処、転職
うつ病、引きこもり、失踪、命を絶つ者たち
果敢な挑戦、構想、未来への先見の明、欠如
決断力欠く議論愛好者、支配層
競争、打倒、創造、破壊、繁栄、零落
市場戦場の猛火に灰燼《かいじん》
失業、工員寮放逐、頭を上げて歩けない身
人々の視線をおそれ、避けて歩く、びくびく者
怒り、みじめさ、虚しさ、哀れ

数十年労働の誇り、貢献、汗の結晶
生きがい、生活の希望、踏み潰され唯の泡粒
顔面に尖った石を叩きつけられ
胸板がひび割れる棍棒の殴打
足が砕け、腰が抜けた状態、ふらつく病者
仮の宿へ這い入り、秘める息
傾いた木造アパート、間借り、三畳一室
家賃、肉を切られ血を吸われる支払い
弱者、敗者、臆病者、逃亡者、無気力者
世の除け者、ゴミ、独り三枚の畳
汚れた狭い窓、すり切れ破れかけた畳
しみだらけの壁、低い天井、ゆがんだ柱
つつ抜け、住民たちの家事のゴトゴト、いざこざ
周り灰色、視界ゼロ、凍える心身
零落者、意欲喪失者

目を閉じ、うずくまり座す泥舟
ぼやける視力、頭痛、弱い息、皮膚に死臭
どれだけの時間、月日が過ぎたのか、不明

大地の風

滅びんとする者、命、一点の残り火を抱き
奥深い山岳、山里の湯治場に宿す
掛け流しの湯に身をゆだね
清流の岸、森林を歩み
渓谷、高原を行き、峠に立つ日々
初夏の山風、樹林のどよめき
馳せる思い、湧き出ずる憧れ、内なる活力
「顔を上げ、前に進め
働け、社会に役立つ活動をせよ」

再起の呼び声、森林の声
熟考、思索、立案、決意
「就職前に、熊野修験道、四国巡礼
待て、島に生まれ、知るは工場の町のみ
人生の分水嶺、未知への挑戦、自己試練
羽撃《はばた》け！」
精神、冒険心の高揚
渡航、大陸の山河、大地の風への渇望、憧憬
死を賭し、渡来した伝道師ザビエルの志
「われ、迷える者、世のいしころの身
されど、殉教者、先駆者、探検家たち
光を掲げた人々が常日頃、理想、信念、献身
勇気、使命を自覚し、磨き修練した聖地
歴史遺跡の地に、ぬかずき祈りたい
やむにやまれぬ願い、熱望

ポルトガル、悲劇の歌、ファドをききたい
たくわえはわずか、天涯孤独、孤立無援
愁い、枯れ葉、一つの運命
一身を捨て、巡礼の旅へ」
大陸の雨、雲、人々の暮らし、歴史遺跡
大地の息吹、風と共に歩み巡る

海風

丘の中腹、大樹に囲まれた広場
石造りの質素な教会堂
灼熱の海、暴風圏、荒海の航海の末
一五八四年、丘の坂道を登り
このイエズス会の教会に辿り着き滞在
日夜、礼拝し修行した若者たち

日本の天正遣欧少年使節団
ここに、現在の一巡礼者、礼拝堂の片隅
木の長椅子にかけ、合掌、祈り、黙想
迷路の坂道を下り、河沿いの街道
数時間歩き、勇者たちが船出した
リスボン郊外、小さな港町
歴史遺産建造物見学、美術品鑑賞
大航海時代の英雄たちの記念碑
フランシスコ・ザビエル、マゼラン
ヴァスコ・ダ・ガマ等の彫刻像
殉教者、探検家たちの志、思想に触れ
一心に合掌
岸に寄せる波、両手にくみ上げる
古里の海の波頭と同じ波音
この岸より、アジアの海へ、暗黒の海へ

地球の未知の大海へ、勇壮、沈着、不屈
船出した先駆者たちの意志、勇気、野望
光を掲げた人々が常日頃、理想、信念、献身
勇気、使命を自覚し、心を磨き修練した聖地
歴史遺跡の地に、ぬかずき祈りたい
やむにやまれぬ願い、切望、この岸辺に立つ
大河の流れ、海流、朝な夕な交わる河口
さわやかな港町の岸辺、落陽、潮風
世界の旅人たちの騒めき、今日、一人
思いを馳せる不知火海の潮流、島の磯
坂道の赤い椿の林、丘の上の墓標
打ち寄せる波頭、さらにくみ上げる

歩み

求め憧れる聖地、まだ遠い道
大地の風と共に、雲の彼方へ歩み行く
確かな胸の鼓動、生気
明日、早朝、出発だ

ネパール氷雪の風

カトマンズ迷路の街

迷路の街頭、雑踏の路上
小さな広場ごとに神々の塔、礼拝する民衆
ちりとあかで色あせ、黒ずんだ粘土色の街並み
傾き、ゆがみ崩れそうになりながらも耐え
今にも倒れそうな木造の家々
地震での崩壊を予感させるレンガの建物
混雑する人込みの旧市街、目を見張る活気
色彩あでやかな民族衣裳、行き交う住民
浮き浮きと遊歩する世界の旅人たち

二メートル四方の工房、銅板を金槌で叩き
カンカンカン、彫刻版手作り、売り場の主人
食器類、小間物を製造し直売
父と息子の家内工場は細長い穴蔵
吹子《ふいご》の火と共に、刃物を手製する鍛冶屋夫婦
狭い店内に山積みのジュウタンの店々
礼拝する僧、五体投地の人々の絵画の小店
「曼陀羅、曼陀羅の名画、どうぞ」
ヒゲの男たちが旅人ごとに声をかける
彫刻、仏像、仏画、聖者たちの絵の数々の店
ポーターたちと名峰の勇姿
山村の段々畑、家々、土を耕す山岳民の絵
ありとあらゆる店舗がひしめき合う街
階上は人々が住む住居
あちらこちらの路上、街頭のいたる所

小広場ごとに商いの市場、人々の輪
自家栽培のいろいろな野菜を売る農民たち
箱の上に、バナナの房
黙してうずくまる十二、三歳の少女
ジャガイモの山を前に
笑顔の農婦と二人の四、五歳の女の子
手作りの竹笛を束ねて肩に
ピイピイ笛を鳴らす立ち売りの少年
木の根っ子で創った仏像を手に
ぽつねんと立つ、ひょろひょろの老人
なかなか買い手がつかない
帽子、服、ナベ、カマ、食器類を
街頭の露店に並べるサリー姿の婦人たち
何のいざこざか、警官に顔面を三度殴られ
よろめき、顔を赤く染め、目を見開き

唇を固く結び、カンランで一杯の竹カゴを
別の場所へ移す青年
自転車の荷台の竹カゴにポンカンの小山
細い両手、両足、鋭がった頬骨
頭にターバンを巻いた農夫
路上の竹カゴにリンゴをあふれさせ
ゴザに座り、買い手を待つ老夫
四、五人かけられる板の長椅子
屋根無しで軒を連ね、人であふれる飲食店
バス停の溜まり場、黒山の人集り
破れたぼろ服の貧民、流民の群集
路上に物乞いする母と娘の幼児多い
むき出しのあばら骨を波打たせ
汗にまみれて、街中を走り回る者たち
自転車の横に乗車台をつけた人力タクシー

街頭の人波をかきわけ、動き走る
オートバイ、タクシー、自動車
額に赤い紋様、腕に入れ墨、肩を埋める長髪
色あでやか、サリーがぴったりの女性
ぴかりと光る瞳、運動靴でさっそうと行く
ジーンズが似合うショートカットの娘たち
盛り上がった胸、大柄な体格、洗濯しながら
笑い合い、話に熱中している水場の主婦たち
小公園の樹下、くすんだ肌、くぼんだ目
たむろしているターバンを巻いた長足の男たち
ちり、ゴミ、食べ物、さまざまな売り物
腐ったドブ、崩れた壁、塔の供え物の臭い
極彩色の衣裳に、身を包む小麦色の肌の婦人たち
駆け回る子供たち、汗とあかの男たちの臭い
旅人たちのリュックの臭い

人々の生々しい息づかい、生きる息吹
生《なま》の臭いが鼻にこびりつき、胸をかきまぜる
ヒンズー、ラマ教、イスラム、他の原始宗教
もろもろの人種、物、思想は混沌と融合し
和合し協調し、共に競い合う存在
住民男女の白くきちんとした歯並び
なごやかな眼差し、親和な気質
とはいえ、不穏な雰囲気も潜む
カトマンズの街角
五百年前の街のにぎわいを見ているのか
千年昔の街中に立っているのか

あたかも、湖上の宝島
金銀、宝玉に彩られた王宮
庭園、噴水、大樹、城壁

朝日に白く輝き、夕陽に赤く燃える
荘厳の宮殿
国の王は支配者、統治者
君臨する王族の力
各地域に勃興する盗賊は無縁
はためく、きらびやかな旗
祭典の大広場、楽隊の高らかな演奏
肩に銃、行進する軍隊

丘の空、寺院の黄色い塔
参道の長い石段
父母に遅れまいと小走りでついて行く
巡礼の児童たち
石段の樹下にムシロをしき座す
五、六歳、物乞いの童女の目

丘の風、仏塔、巡礼者たちが回すマニ車の音
寺院の庭の隅、布の上にあぐら
ヤクの毛糸で帽子を編む娘たち
驚くほど安い帽子の値段

山の裾野、金色の塔
神の存在の証明、ヒンズー教の聖地
山門に、聖者の彫刻像、動物たちの浮彫
他宗派、入門禁止
信者の行列、集団の礼拝
院内、ロウソクの炎の海
聖地の谷を流れる渓流
川岸に積まれた、火葬の薪の列
死者を包む布
鐘の音、呪文の祈り、哀切の嘆き

死者を焼く幾筋もの煙
屍《しかばね》、白骨の流れ、死霊救済の聖地
骸《むくろ》の粉、海に至る日は何時か

カトマンズ盆地
街を流れる、ゴミだらけの濁った川
寺院、迷路の街、古い建造物の密集
世界文化遺産地区の壮観
いにしえの掟、新しい動向
混然と息づく街
郊外、山麓の段々畑、棚田
群星のように散らばる農家
青い空の彼方、白雪の峰々か、白雲か
遥かな熱い憧憬

渓谷の村々

カトマンズから天界の山村へ
眼下の大山岳地帯、どこまでも段々畑の錦
小型プロペラ機、翼をひるがえし
深遠な渓谷の奥へ
山腹の斜面、小さな滑走路
裸の土、土煙、もろに着陸
十五人のトレッカー、出迎える住民
英語、フランス語、ドイツ語、日本語
あいさつ、会話、ひとしきりの騒めき
陽光の青空、すがすがしい山風、緑の渓谷
二千メートルの山地、急斜面の畑、草地に牛
湧き上がる熱い憧れ、強い思い

未知の山域へ、地球の頂の山嶺へ
なだらかな登りの道
段々畑の村々、峡谷の山肌に散らばる集落
日当たりのよい村
白い屋根の家屋、ヒラリー学校
大いなる登山家、山岳の村々に学校開設
教室で本を読む学童
周囲の山畑、傾斜の畑を耕し
ジャガイモを植えている子供たち
学ぶ子は少なく、クワで土を耕す子は多い
半ソデ、半ズボンの小柄なポーターたち
木の根っ子で作ったコケシのよう
竹カゴの荷、機敏に歩いていても
息苦しくなり、ふらふらと岩にもたれたり
倒れそうになり、木にしがみつく者もいる

トレッカーたちの荷運びの山岳民
荷をおろし休むのは、村々の湧き水の水場
たっぷりと水を飲み、一息入れる
少年のポーターたちもかなりまじっている
荷役のヤク、山牛《やぎゅう》、住民も行き交う
山道の真ん中に、自然の巨石
巨岩上に、風にはためく虹色の布
ラマ教礼拝の岩、通る者は合掌し祈る
松林、雑木林を下り河原へ
ゴウゴウととどろき、地を揺るがす激流
色さまざまな岩石、川石、ケルンの道標
竹林、ヤブを急登し、古い吊り橋を渡る
山腹のかたわらに数軒の農家
段々畑、急斜面に菜園、草地に牛
広場の松の柱に、赤い布、白い旗

ラマ教徒の山村
岩石、小石、砂の河原
「エーイ、エーイ、エーイ」、かけ声
数人の男が松の丸太を引きずる
新しい橋を作る十メートルほどの丸太
かけ声に合わせ、引きずる者、テコを使う者
別の者たちは、支柱の短い丸太を担ぐ
他の者たちは、橋の土台に石を運び積む
谷の渓流に夕霧、だが、かけ声は高い
日の光ある限り、山の民はかけ声をやめない
牛をともない山畑から下りる農夫、息子
木製のスキや農具を担ぎ、手には薪を持つ
シェルパ、ポーター、トレッカーたち
次々と吊り橋を渡ってくる
樹木に囲まれた川岸の小高い原っぱ

山人たちの幾つかのテント
松林に風の走り、谷間の激流の岩に草花
農家兼山小屋、農婦の手作り
パン、ジャガイモ、ティー
農家の広間の土間の壁にそい、板のベッド
早々と寝袋にくるまると、軽い目まい
どれほど過ぎたのか、ふと目覚める
農民の男、主婦の笑い、子供たちの笑い
シェルパ、ポーターたちの笑い声
小屋の焚き火を囲み、談話している
渓流のひびきにさそわれて、外へ出る
夜空、銀河、流れ星
「ここはどこだ？
　そうだ、星の国へ来たのだ
　さげすみの視線、敵意に身を曝すことはない

安らかに眠れ
星々はこんなに身近に、きらめいている
明日はきっと太陽の日だ」

エベレスト山群市場の村

心おどる朝、峰々に渓谷に、輝く光
松林、竹林、低木林を登る
崩れた岩壁の細い岩道を行く
静寂を破り、谷間にひびく瀑布
となりの岩場に、帯状の水の絹糸
しぶきにぬれて紫の草花
二つの滝に近く、小さな草地、数軒の農家
石積みの壁、平べったい石板を並べた屋根
ひとひらの畑、クワを振るう父

土をならす四人の子、ジャガイモを植える母
並んで一片の山畑、小麦の青い牙
岩石帯を隔てた山腹、木の根を掘る男女
斜面をえぐる畑作り、砂地の畑
近くの小屋の壁と屋根は、新しい木の板
この初春に結ばれた若夫婦
開拓できる山地、山肌はほとんどつき
若者たちの多くが街へ出て貧民、流民となる
深い谷底、体ちぢむ吊り橋を渡る
断崖の狭い道、岩を踏み、岩石をつかみ
一歩一歩上へ、水の音が遠くなる
かおる風、這松の尾根へ出た
峡谷の空、雲の切れ間
ギザギザのむき出た魔人の歯、黒色の岩峰
山風に乗り、頂をかすめて飛ぶ鳥

いかなる山人の挑戦も許されない、未知の頂
シェルパ族の神の山、登山禁止
未踏の岩峰は魂に問う
「来る者は誰か
敗北におじけついた逃亡者か
愚劣で臆病な怠け者か
志を捨てた放浪者か
未熟者、半端者の挫けた木片か
心が滅び死を望む者か
屈することなく復活を目指す者か」
神の山は雲の奥へ消えて行く
黄土の砂、岩、尾根道
眼前に出現した山村、三四四〇メートル
村の広場に湧き水、山岳の奇蹟
「湧出する水は、岩よりあふれ出て滝となり

人もヤクも鳥も、山水の恵みにうるおう」
湧き水の周囲に、ロッジ、民家、小店
山の民の市場、穀物、ヤクの毛糸の帽子
色石、木の彫刻、絵、薬草など沢山
山腹の草地にヤクの群れ
絶壁の上に、ラマ教寺院
すでに黄昏、深い峡谷を隔てて氷壁
高い頂、峰々は霧にとざされ
山の民の山村は、凍った山風を避けつつ
山稜のくぼ地に、ひっそりと息づいている
民家の土間の板のベッドに泊す

天空の聖地

朝日、大山岳に光がさし、紅に染まる峰々

赤い輝きが氷壁をくだり、雪原を駆ける
湧き水の広場に陽光
身仕度をする山人たちの騒めき
荷を積んだ山牛、ヤクの脚に
シェルパ、ポーターたちが薬をぬっている
爪が割れ、皮がはがれ、肉がむき出しだ
首の鈴を鳴らすヤクの群れと共に
草地へ向かう少年たち
われ、雪を踏み、尾根、岩稜、山腹の道を行く
森林の渓流にマニ車、白い巨石
数軒の小屋、段々畑、人々、点在する棚田
密生樹林の急坂、灌木山地
リュックを背に、汗をにじませ、黙々と上へ
這松林、どこまでもつきない山道
ここまでくると、段々畑の耕作地は見えない

顔面に清浄な風、三八六〇メートル、高原
天空の聖地、色彩豊かに映える寺院
山稜の岩壁の上に、ラマ教寺院、石塔
銅鑼《どら》の音、もれくる僧たちの読経
「この山地に、よくぞこれだけの寺院
　修行寺を建造したものだ！」
その精神に感嘆し驚く
牧舎へ帰るヤクの鈴の音
広場を囲み、寄りそい合う山小屋
歩み来た原生林の大峡谷
広がる果てしない山岳の展望
優美な純白の山容、見事な銀髪の美少女
天界、白雪の峰々、白刃の頂
引き裂かれ、刳《えぐ》られた鉛色の岩壁
切り立つ氷壁、まだら色の断崖、氷河の谷

六千、七千、八千メートルの山嶺
夕焼けの風、空、今日歩んだ屋根、岩稜の道
峡谷の霧に、すっぽりと包まれ
明日への山道は、氷雪の奥地に浮き出る
岩上の石塔、礼拝するラマ僧
共に祈り、言葉を交わし、一夜の宿を請う
断崖の上の寺院の一隅
丸太組みの壁、板張りの床の一室
正面に仏像、ロウソクの火
ラマ僧、両手に経文か経典か
静かにして深い音声の読経
時を経て向き合う
「私は捨て子、父母を知らず、寺へ入った
　街の寺で十年、下働き、修行
　経典を学び、英語を学習

望んでこの聖地、高山の寺院へ来た
早朝、寺院内で全僧一体の読経
白日、経文を唱え、山地を巡り
太陽、氷雪の山々、草木、巨岩に礼拝
天と地に五体投地、心身無我
夕べに、全僧共同の読経、永遠の礼拝
夜の闇と共に、おのおの、経典を心読音読
星々、月、風雪に礼拝
人々と世の平安を祈願
日夜、一切を礼拝と修行に捧げ
妻帯していない
パン、ヤクの乳、草木の薬味のみ食す
湧き水でのどをいやし冷水浴
日々、寺院と石塔を清掃する
死の身は火に焼き、骨を砕き川へ流す

輪廻転生の世界
生き物、草木として再生
私にも悪気がないわけではない
邪気が心身を支配しようとする時
声高く一心に読経し、山野を歩く
時を経て、鬼火は消え、心に火が灯る
巡礼こそ心の浄化、一歩一会
明日から巡礼の旅に出る
村々で礼拝し、人々の心に触れ
仏の言葉を語り、道を伝える
孤児や身寄りのない者と語り合い
寺、農家、商家、職人への縁結びをする
住民人口とトレッカーたちの増大で
樹木が伐採され山河が荒廃
禿山に木を植える植林

農民の家族と共に土を耕す
存在する万物への慈愛
自己の生存への感謝
これこそ仏の心だ
まもなく春を告げる大雪となる
淡雪の水が山野を潤し満たし
氷雪をとかし、風を起こし
天地にとどろく歓喜の水はほとばしる
草木は芽生え、シャクナゲのつぼみが咲く
大山岳の生命の唱和、讃歌の時
山の民の心は、あすへの望みに高鳴る
旅人よ、顔に苦悶の表情あり
祈れ、大山嶺に祈れ、巡礼せよ
礼拝は心を洗い清め、救いの火となる
友よ、遠い国からの巡礼者

人生は無限、どこかに必ず道はある
生きがいを感じる仕事は必ずある
　屈せず自分の道を行け」
ラマ僧に向かい合掌
仏像の下に寝入るラマ僧
板張りの床に寝袋を置き
ロウソクを消し、痛む体を横たえる
何という静けさ、何という暗黒
万物一体の神秘な霊気
眠り、目覚めた夜半
岩壁に猛き風の咆哮《ほうこう》
温かい全身、白雪の峰々を胸に眠る

白雪の谷

朝、起床した時、ラマ僧はいない
一夜の謝意、寺に喜捨
広場、エベレスト山群に挑戦した登山隊
滑落した日本人アルピニスト、死の衣の中に
生者たちは肩を落とし、沈黙して立つ
広大な雪原の谷、シャクナゲの群生林
つぼみの樹下、途切れ途切れの踏み跡
谷筋の吊り橋、丸太橋を渡り奥地へ
這松地帯、横切る川原は氷結
荷役のヤク、山牛、凍った川を恐れ動かない
ポーターの竹のムチ、はげましはげまし
びしりびしりと打ちすえ、腰を押す

荷を積んだ山牛、ヤクの列
氷に爪を鳴らし、喘ぎ喘ぎ進む
雪と岩の尾根筋、谷から吹き上げてくるガス
下から横から、ビュビュビュ、容赦なく荒れ
ぞくぞくする寒さ、手足凍える
長い雪道、息が苦しく胸が痛い
十歩上へ、足が止まり、激しく息を吸う
十一歩登り、此処《ここ》こそ峠、そして下りだと
ひたすらに願う、その時
追い散らされた霧の中に、岩の尾根道
捨てたくなるほど、ずしりと重いリュック
深く息を吸い、じっと耐え、心身を整える
視界を遮る濃霧、進み、登り、上へ
十四歩足を運び、ぐらつき、とどまり
気力を奮い立たせ、十五歩踏みしめて上へ先へ

前にも後ろにも人気は無い
一歩、また一歩
見た！　石積みの無人避難小屋
おお、目の前に、ケルン
峠、岩のピークに立つ
登って来た背後は風雪のガス
前方、鋭く尖った岩峰群に囲まれた雪の谷
氷壁、岩壁に守られた谷間の盆地
神秘な大気、静寂の秘境、白雪の谷
四二四〇メートル、純白の谷、数軒の山小屋
苔の山腹、陽光の山肌に、ヤクの群れ
雪原に、幾筋もの銀色の流れ
胸をときめかせ、熱い心にはげまされ
ぐらつきながら岩場を下り
ぼろぼろに疲れた体、倒れかかるも

二つの丸太橋を越える
谷の奥に、白銀の峰々
荘厳、夕陽の最後の輝き
「日の光に染まった夕べの時よ
白雪の谷はあまりに美しい
辿り着いた者に力を与えよ」

山小屋の主婦の情け

苦しい息、足を引きずり小屋へ入る
土間にヤクのフンが燃える暖炉、かまど
雑居寝《ざこね》の板張りの広間
奥に、幾つかの棚状の二段ベッド
シェルパ族の管理人夫婦、二人の息子、娘
仲間と会話している数人のトレッカー

広間の板張りの隅に、寝袋を置くのもやっと
崩れるように横たわる
強い目まい、頭がふらふらぐらつく
錯覚、板張りの床が浮動
転落すまいと、横向きにちぢこまる
頭に針、胸に釘を突き刺された痛み
切れ切れの息、小刻みなせわしい動悸
咳き込むごとにねじれる肺腑
高熱の熱湯がのどもとにたぎる
体力を使い果たした者への病魔の攻撃
高熱、痛みの責め苦は病原菌の毒液、牙
高山病と悪性の風邪だ
小屋内の人の寝息、深夜の谷に降る雪の音
別の隅で時折、異様な気配、かすれたうめき
同病者の不気味な死臭

眠りの無い恐ろしい時間が過ぎて行く
何かにすがり祈るも、望みの火が消えかかる
土から這い出、モゾモゾとくねるミミズ一匹
無力な者の末路か
ついに意識が焼き切れ、すべてが闇
ヘリコプターの爆音、朝だ
小屋内に、人々の慌ただしい出入り
話し声、高山病で死亡者
ドイツ大使館員が飛来し
同国人を搬送したという
ひしひしと迫る不吉な予感
静まった頃、顔の近くに、コトンと音
半眼を開けると、主婦の顔
一つのコップに湯気、乳の匂い
起き上がろうとしたが、頭と体が動かない

ごそごそ、もぞもぞ、横寝のまま
コップを手に、一口、二口、舌にのせ
ヤク乳ティー、のどに入れて飲みつくす
五臓にしみ入り、脳髄に、ぽっと意志
頭の鈍痛、弱い息、ただれたのど、微力な体
どこかに沈下し、時間が消滅した
ふっと意識がもどり、全身、汗びっしょり
生臭い、ねばねばした汗
心臓の動悸に危機の震動
目を閉じ、耐え、祈りの念
時が過ぎ、渇きに駆られて寝たまま
枕元の水筒の水を飲み込む
汗が冷え、身震い、きつい頭痛
「……寺院に、二、三日礼拝し修行道を巡り
　心身を高所に慣らしていれば

死にひんする苦難は起きなかった
大自然の想像を遥かに超越した多彩、驚異
壮大、雄渾《ゆうこん》の展開に魅了され
休息を忘却、挑戦、挑戦
判断力を欠く精神の高揚、興奮状態
未経験者、思考力浅い者
身をもって知る、生死にかかわる自戒
もうあまりに遅過ぎる
少年時代、よろこびの日、悲しみの時
山へ登ることを慣らいとした
正月や村祭の折、島の山へ登り
頂の巨巌に座し、眺めた展望
左手、有明海の空に、悠然と浮かぶ雲仙岳
右方向、不知火海の彼方
青い広がりの天空、九州山脈の連峰

正面、二つの潮流交わる海域
天草松島の島々
群島の岸、磯に騒ぐ潮流に高く
三角岳の鋭峰
日本の労働現場で、挫け滅んだ心
いやしと再起を求め
大いなる山岳へ登ってきたのに
熱病の毒牙に血を吸われ、息絶えるのか
無視され、冷笑され、除け者にされ
攻撃され、潰され、卑しまれ
心が壊滅した逃亡者、敗北者、欠陥者
復活を願い望み、辿り着いた山小屋
無力の愚者
転がった体を微小に震わすのみ
悶えつつ死ぬのか……」

どっときた力の喪失、力つきた者
落石となり転がり、底無しの谷へ消滅した

湧き水

コトンとコップの音、今朝は音に正気
一度、二度、三度目に、やっと半身を起こす
湧き出る感謝の心情、主婦に合掌
熱いヤク乳ティーを舌に味わい、少々の米
野菜の漬物をかみしめかみしめ、のどにとかす
忌々しい頭痛、虚脱感、鬼火の熱は残るも
生命力は明らかに病魔に勝りつつある
たびたび息を深く吸い、吐き出し、血流に活気
寝返りを繰り返し、手足、ふしぶしを伸ばす
夕方にはジャガイモを食べ

温かい寝袋、望みを抱いて眠りに入る
朝、主婦の足音、コップの音、生の実感
出発するトレッカーたちの身仕度、話し声
土間の暖炉の火に両手をかざす
足踏みし歩み、全身をほぐし息を整え、屋外へ
まぶしい陽光、小屋の周りを遊歩
空気が実においしい、活気づく肺
ヤクの群れ、乳をしぼる主婦、娘の笑顔
近くの斜面、ヤクの群れまで上がる
黒々とした毛、頑強そのもののヤクたち
岩間から湧き出る清水で口をゆすぎ
両手に満たし、のどにそそぐ
太陽の光、雪原の風、霊気の大気
焼け焦げた丸太は一本の生木によみがえった
岩上に立つ

主婦に向かい、銀嶺の峰々に合掌
やさしい眼差しの主婦
手作りのヤクの焼き肉で体力を養う
気力、活気、明日への希望の火

アルピニストたちの墓標

安全のため、頭をたれて下山か
視線を前方へ、未知の山域への挑戦か
熱い憧れ、胸に燃える気概
純白の谷を奥へ先へ、雪を踏む音が心地よい
谷の雪原が終わり、見分け難い、氷と雪の岩道
岩場にへばりつく苔
押し寄せては吹き散る霧
上り下りの尾根を幾つも越える

峠の雪原
鳥の声、風の音か、水の流れ、人の叫びか
数知れない石積みの塔
積み重ねられた岩石のケルン
風雪にさらされて人を呼んでいる
未踏の頂に立つも、吹雪に倒れた者
氷壁に滑落し、望みを砕かれた者
雪崩の下に深く埋まった者
クレバスの氷の棺に凍えている者
氷雪の銀嶺に消え去った者
アルピニスト、シェルパ、ポーターたちの墓標
悲しみの年月日、姓名、国籍を記す
この冬もエベレストで新しい五つの墓標
エベレスト山群となれば、遥かに多くの死者
名の知れた日本人登山家の石碑に小石を置く

雪と岩稜のひときわ高いピークを突破
狭い谷筋、氷壁の断崖
渦巻き狂乱し、またどっと噴出するガス
視界の前に現れた谷
砂、岩、雪、氷の混じり合う大氷塊
黒ずんだでこぼこの固い雪の塊
万年雪の氷河の始まりだ
目線をくばり、足早に、氷原を進む
垂直な岩壁の真下に、山小屋
四八八七メートル、洞窟から湧出する流水
清らかな奇蹟の湧き水
断崖に苔、岩稜、岩場に、這松の群生
小屋に入り、板の広間に、よろけて横たわる
仮眠の後、火の燃ゆる暖炉に両手を広げる
山小屋を守る夫婦、目のぱっちりした娘

幾つもの六千メートルを越えるピーク
主人と目指す峠への山道を地図で調べる
火を囲んでよもやま話
多くの山小屋を所有する地主の旦那
ずっとカトマンズ住まい
春、夏、秋のトレッカーたちの宿泊代
その半分以上が家賃の支払いに消える
冬期は閉鎖
自分の山小屋を持つことが家族の夢
学校へ行くことが、かしこそうな娘さんの願い
今夜、四人のトレッカー、早々と寝袋へ

猛吹雪

日の出の光をあび、娘さんに見送られて出発

青く冴える氷河、赤く染まる氷原
白く映える雪原、原始の輝き、原生の息吹
天空を埋める雪峰群
クレバスを警戒しつつ
氷河の道なき道を前へ奥へ
一歩ごとに、白さと青さをきよめる氷河
真昼の太陽、流れる雲、一片もない
桃色、紺色をおびた空
石積みの無人避難小屋、五千百メートルの標識
日だまりの岩場に、ちらりとのぞく苔
ほんのりと、苔と日の光のかおり
目にまばゆい氷雪の大岩壁、氷の滝
雪も氷も付着しえないすさまじい断崖絶壁
目の前に連なる雪の稜線
その向こうはチベットだ

全視界、純白の山嶺
挑戦への迷いはない
雪原、氷原を横切り
白雪の斜面を真っ直ぐに上へ
岩石、右へ回り込み、急勾配を登はん
五歩登り止まり、深々と息をする
八歩上へ、せわしい脈拍、肺が切れる痛み
登っては休み、一歩さらに二歩進む
岩の裂け目の急坂、岩をつかみよじ登る
ついに立つ、ピークの岩上
辿ってきた氷河、雪原
白い雲々の上になお白く、白銀の女神たち
清らかに、あでやかに、優美に、崇高に
限りなく広がる壮大な美、雄大な景観
虹色の幻想の妖精たちを形造り

人の性、歴史の歯車
勝利と悲劇の予言者のごとく
東の空、雲の彼方より生まれ
西の空の果てまでも続く
雪の女神たちのただなか
すべてに勝り、天に深く迫る偉容
くれないの氷峰、天空の風、吹き上がる雪の旗
生者も死者も憧れる地の頂
死者は氷雪の柩《ひつぎ》の中で
生者は岩上に立ち、ただ仰ぎ見る
急激な風の動き、稜線を疾駆する乱雲
氷河の谷、凶暴に噴出するガス
幾つもの岩壁に、雪崩の煙
一口の水を楽しみ、急ぎ
岩場は歩み、雪上は五メートル、十メートル滑り降下

ひたむきに下降、氷河だ
ゴーッゴーッ、岩壁に連続する雪崩の雪煙
白蛇のガス、断崖を這い回り狂走、
急迫する危機、背筋をかじる恐怖
一刻一歩を争い、一心に歩行し下へ
スリップ、スリップしては立ち上がる
新雪がクッションとなり、打撲やわらぐも
踏み跡の雪道、徐々に見えなくなる
濃霧、眼界から消え去った峰々、氷壁
白色の世界、あまりに長い歩行
下山道に迷い、落ちる歩調、ふらつく
息がきつく怪しい動悸
雪上の休息、死地だ
脳髄に麻酔、眠りへの誘い、甘い誘惑
全身の力が弱まり、足がもつれる

前から横から、おそいかかる大粒の猛吹雪
足がだるい、どうしようもなく体が重い
歩いているのか、うろついているのか
眠い、とろけるように眠い、まぶたが塞がる
睡魔、腰がくずれてひざまずく
凍え、しびれる手足、筋肉
悪寒、背骨を突く
力つき消えんとし、ほのめく心の火
深奥の血の鼓動、ぴくりと反応し
氷の塊を支えに立ち上がる
自己を鼓舞し歩み進み、ぶつかった物体
山人たちが積み重ねた岩石のケルン
石積みの塔に寄りかかるも、猛威の吹雪
足が折れまがり、ガクリと頭が落ちた
全身がとろける眠気の支配

氷塊に吼《ほ》える烈風
断ち切られたガス、砕かれた雪の破片
半開きの眼球、そこに
山小屋の立ち上る薄い煙、岩壁
一点を目指し、全身を軋ませ渾身の歩み
小屋へ、ほんの十メートルの登り道
氷石となった両足、かじかんだ体、動けない
一歩一息、倒れまいと精魂をそそぐ
小屋へ入り、暖炉の炎に体を寄せ
手袋を抜き、かじかんだ両手を広げる
凍えたまつ毛、こわばったまぶたをしばたき
娘さんが差し出した熱いヤク乳を飲み干す
生と死の間、一歩に立った者
こみ上げてくるほほえみ、感懐
山の民の娘、這松の松葉色の髪

ふっくらとした頬、白い歯、群星の光彩の瞳
雪の妖精の素直な笑顔と見合う

シャクナゲのつぼみ

その日から十二日間、降りしきった豪雪
下山する者は生への自由
山々に挑む者は一歩も動けず、小屋内に足止め
山の民には春の訪れの予告
断崖の下の湧き水で心身を清め味わい
親しく語り合い、妖精と別れの握手
やわらかい牡丹雪
銀世界の山岳をゆっくりと軽やかに下る
日程を失い、諦めて帰るトレッカーたち
誰もが失望と落胆の表情

何という幸運、一日のちがい
危機、苦難を乗り越え、望みをかなえた者
あふれてもあふれても、なおあふれ出る
熱い血、誇りの心情
ほほえんでもほほえんでも、なおほほえむ
温かい思い、喜びの鼓動
日本で滅んだ心は生き返った
シャクナゲの群生林
淡雪の風に揺れそよぎ
咲かんとするつぼみ
山の民の主婦の情け、大空の純白の女神たち
湧き水、雪の妖精の瞳、別れの指
すべての存在に感謝し、合掌
前方の大粒の雪の空に、ラマ教寺院の石塔
「人は共に働くことを喜びとし助け合う

だが、生存競争の無慈悲な破壊、淘汰
荒波のさなか、生き延びようとする本能
生の衝動、盲目的な願望、明日の飢えに
激しく突き動かされた敵意は、牙をむき出し
いがみ合い陰険に争い、際限もなく見下し
友情、尊敬、協調、親和の絆は倒壊
失業、今の世で最も恐ろしい魔物
底無しの穴に落下する恐怖感
人を死地に追い詰め、化石化する妖怪
よくぞ生き残った勝利者
ずたずたに傷つき倒れた敗者
それぞれに別々の道を行く以外にない
怨念、慚愧《ざんき》を捨て
憐憫《れんびん》の情、慈しみの心よ、宿れ
我、志を立て人生に挑む

この気運を決起の力とし
寺院の修行道、巡礼路を辿り祈り
胸の火を浄化しよう
修行道を経て、さらに、ヒマラヤの奥地
秘境の山域を歩み巡り
　生命力をやしなおう」
白光の花粉、牡丹雪
手に靴にとけ、岩場に苔地に積もる
歩み来た雪原、人影見えず
点々と自らの足跡
泡雪に包まれたシャクナゲのつぼみの樹林
白い息を弾ませ、踏みしめる確かな歩調

アドリア海の島の朝

入江の海、さざ波も立たず
なめらかにして青し
散らばる漁《いさり》小舟
対岸の島の空、ほのかに赤く
海の太陽、岩峰の陰に
島人の目覚めの一息を待つ
微風とてなく、島々を結ぶ船、まだ港に錨
虫の声きこえず、鳥の羽ばたきもひびかず
海辺の宿、周囲の森、松林の濃い香り満ち
磯の潮気、旅立ちへの思いを誘う
コルチュラ島の初夏
ブドウの粒は青白く

ミカンの実はふくらみ小さい
浜辺の岩礁より、峰々へ広がる
ゆるやかなスロープ
さわやかな、ひっそりとした涼気
早出の村人たち、緑の野路を行く
森林、草原、谷間に、薄いかすみ
山々の頂、岩場に陽の光
くっきりと浮き出る島々
旅人は遠き古《いにしえ》を求め
海路の果て、オデッセウスの伝説
ホメロスが奏でた歴史
芳香の楽園、魔女たちの宴
憧れのマリエット島へ
潮風とならん

スコットランド荒野の風

湖水の風

太陽の空、清く澄む湖水
陽光の波頭、さざめき、きらめく湖面
近く遠く、浮遊する帆船、遊覧船
湖畔の村々、白い家々
岸辺、巨樹の森、緑のトンネル
さわやかな風、光こぼれる路
老夫婦、家族連れ、若い二人、青年たち
軽やかに歩む人々が話す世界の言葉
声をかけ合い、あいさつを交わす

入江の水辺、白い水鳥の家族
水草に現れ隠れ、楽しげに泳ぐ大小の魚
せせらぎのささやき、湖にそそぐ
湖水の岸より広がる草原、斜面
蝶、昆虫、蜂たちのお花畑
咲き匂う花々の風
広々とした台地、点々と村落
野原の丘に、羊、牛の群れ
下りの小路、繁みより飛び立つ鳥たち
青い湖、深い森林、湿地
巨木、巨根、むくれた樹皮、樹液
湿った腐葉土の臭い
森の端、開けた草地、倒木の腰掛け
息を休める旅人をしきりに見入る
ほんの目の前、草をはむ羊たち

渓流の風

谷間の雑木林、水音高い渓流
木の葉のそよぎ、鳥々のさえずり
水ぎわの細い道の登り
小山の高台に廃墟の館
崩れた石垣に、野イチゴの群生
庭園、雑草、野生の花々、茂み
峠を越えた急斜面の岩場
瀑布の虹、水しぶきの激流
岩石の小道を下り、丸太橋を渡る
盆地、豊かな流れの川、畑、菜園
弓形に曲がる流域、ポプラ並木、柳
草しげる牧場、赤い牛、黒い牛、白い羊

小さな村、牧舎、牧夫、農夫たち
レンガ建ての民家、丸太組みの住居
庭ごとに、リンゴ園、犬の吠え声

広野の風

平野の清流にみちびかれ、渓谷へ
黒い樹林、大木、大樹、樹脂の微風
原生林、ひんやりとした精気
勢い盛んな谷川の水流
岩石の露出する峠への登り
曲がりくねり下る落葉の山道
樹海を通り抜け、広野へ
びょうびょうと吹く風
駆ける雲を追い、丘陵の荒野を行く

遥か、重なり合う未知の稜線
薄銀色にかすむ山脈
幾つかの旅人の影、遍歴者たちの歩み
風に向かい、一途に歩く者たちのさま
果てなき空を飛び行く、渡り鳥のよう
山の端に夕陽、草の葉、花弁の水滴
日暮れの風の音、山裾に村の灯
きしむ骨格、足にずしりとリュックの重み
気力を高め、足調を速める

北海の潮風

真夏の北海、満ち広がる陽光
海原の潮風、そよそよとなごやか
海流の渦、ときめく潮流

望洋、定めがたく遠い、水平線と空の交わり
岬へ寄せる波頭、半島の沖
波にさすらう多くの漁舟、なりわいの日和
岸に近く、さざ波の海、魚群の波紋
浜辺、白や黒の海鳥
岸の草地、花々の香り、花粉の風
トンボ、蜜蜂の羽音
海岸の一筋の道、つきることなく続く
畑、菜園、牧草地、湖、小川
赤い牛、黒い牛、白い羊
川辺の木々、運河の樹林の帯
野路の空に、しきりに鳥々の唄
沃野、黄色に色づく麦畑、トウモロコシ畑
点在する林、池、農家の屋根、菜園に人々
熱い陽射し、乾いた地の風

漂泊、旅行く日々
風のまにまに、飛び交い消える
ドロヤナギの綿毛のよう
雲、二つ三つ静かに浮かび
漁村、遠く視界に入る
広大な平野、北海の潮風
旅の歩み、海辺の道は砂丘の彼方へ

月光の風

豪然とそびえる雲を破る岩峰
戦う刃、槍を形造る鋭峰
岩尾根を荒々しく疾駆し、散乱するガス
黒褐色の岩壁、まだら模様の断崖
今にも崩壊しうる岩場のテラス

飛瀑の水しぶきの霧
谷の奥地、青い湖、墨汁色の森林
湿地、沼地、湖、急流、白カバ林、泉
ほそぼそと残る狭い古道
顔面を刺し、行く手を阻む霧雨
ずぶぬれの土塊、岩石、ジグザグの坂道
峠、濃霧の高原、吹きさらしの原野
おぼろげに浮き出る湖
岸辺にちらつく灯、山里
幾つかの家、今夜の宿
明日の旅路、草原の道筋
見え隠れして、霧の中に消える
突風、霧雨を吹き払う
雲の隙間から月の光
スコットランドの荒野

月光の風、なびく草の穂

大渓谷の風

秀峰、鋭峰、連峰、岩稜、峠
威容、威厳、優美、可憐
大渓谷を囲み、結び合う山嶺
緑さやか、斜面の草原
銀色の滝、白光の激流、青光の湖
人跡を刻む小路、岩道、峠道
谷底の渓流、両岸に歴史を語る道
イングランド軍隊、スコットランド兵士軍
その昔、屍をさらした国境の戦場
渓谷に紫のあざみの花園
色取り取りに咲く、名も知れぬ花々の群落

灌木林、帰還しない夫を探す
妻たちの嘆きの吐息に揺れているかのよう
花々の花弁、きらりと光る露を宿し
父を慕う巡礼の娘、息子たちの
ひたむきな眼光、涙の雫のよう
ススキの穂、許嫁を求め、あてどなくさ迷う
乙女たちのほつれ髪のようになびく
今、石の記念碑のみ悲劇を語る
岩峰に触れんとし滑空する鳥々
峡谷を渡る風、波打つ草木
絶壁の瀑布、湖、湧き水、せせらぎ
崩壊した断崖の残骸
転がる巨石、岩石、小石の間に、若草の芽
時よ、とどまれ、何と美しい渓谷
岩場、テラスの花壇、頭をゆだね休息

寒々とした風に目覚め、急ぎ身を整える
激変する空模様、ひしひしと迫る冷気
峠へ向かう長い岩道、けわしい坂
歩調、おぼつかなく滞る
空をおおい、悪魔めいてうごめく黒雲
岩稜を疾走し、狂乱するガス
峡谷に噴出する陰気な霧
草木は輝きを失い
岩を削る突風、ヤッケを叩く雨粒、雹《ひょう》
ずぶぬれの顔面、かすむ視線
見分け難い、山腹の細い道
歩み来た過去の谷路、霧雨に埋もれ
スコットランド荒野の氷塊
くたくたに疲労し、湿ったふしぶしに痛い
両足の筋肉にけいれんの兆候

ぐらつく半身、岩に体をあずける
荒ぶる風の唸り、きりもみし千切れる霧
たけだけしい風雨のムチ、崩れかかる体幹
衰える脚力、しびれる両足
よろけた体を岩にぴったり寄せる
暗雲の空、ガスの峰々、光なき渓谷
じっと耐え、深い呼吸
足元の斜面、岩場
岩、小石、砂利、土の間に
びっしりと咲く、小指、親指ほどの花々
露、一つ二つ合わせたほどの花弁
嵐に立ち向かい、けなげにも咲く
高山の妖精たち
風雪、落雷、豪雨、落石、日照に耐え抜き
大気に向かい、咲き競う花々の生命力

眼球ほどの大きさの花々の意志、気根
何と美しく気高い花々
しっかと見入り、湧き起こる感懐
「われ、ここに屈してなるものか」
心奥の声、気力の火
岩陰にリュックをおろし、水を味わう
行くぞ、意を決し、装着、ヘッドランプ
風、雨、霧に抗し、歩み出す
気力をふるい立たせ、歩を小刻みに踏み進む
濃霧、急勾配のガラ場、滑落の危機
風雨、雹の急襲、時折の落石
時を見定め、素早くトラバース
右に左にくねる山道、岩場の目印
ぬれた鎖をつかみ、力を振り絞り、上へ上へ
鎖の無い、ゆるやかな傾きの岩場

吹きさらしの岩上、ずるずる滑る
一瞬、息消えるも、石を両手でつかみ
滑落寸前、両足を支えに踏み止まる
岩と岩の間をよじ登り
気力、気迫、不屈の一心、上へ
さらなる鎖場、立ちはだかる岩稜の壁
「いったい、どこまで続く、岩場」
胸がどきつき、息苦しく、立ちつくす
烈風、岩尾根のガスを一気に吹き散らす
岩稜の空に出現した残照の欠片
星々のきらめき、三日月
ぱっとひらめく希望、雄々しい力
鎖をつかみ、足場を確かめ、登る
巨石の隙間を通り抜け、峠に立つ
旋風、顔面をもろに打つ

岩石の壁にリュックを押しつけ、安定を確保
気合の眼光、周囲を見据える
前方も後方も霧雨の谷
前面に広大な山容
あっ、山小屋の灯、生への光
一筋の岩の道、一歩一歩行く

入江の風

北の果て地の果て、荒野の道はつき
荒涼とした山野、潮気の濃い香り
スコッチウイスキー、湧き水の里
山々の飛泉、谷々の急流、原野の湧き水
海峡の奥、入江の潮流にそそぐ
波静かな海辺の村

内海の潮の目に、四つ五つ漁船
砂浜に遊ぶ子供たち
磯、河口に海鳥、水鳥、野生の花園
さざ波の岸辺、丸太組みの宿、レストラン
世界の旅人、遍歴者たちは集い憩う
羊の焼き肉はほどよい塩味、香料
魚の味わい、舌にぴったり
ウイスキーはまろやか
暖炉に火の炎
テーブルに囲まれた木の板の床
ブルーの瞳、おかっぱの金髪、民族衣裳
はつらつとしたふくよかな姿態
歌姫の民謡、趣きのある歌声
踊り子、白カバの若木、樹幹のよそおい
軽ろやかに床を駆けるステップ

肩に乱れる銀色の長髪
村人、旅人たちの熱い拍手
ウイスキーのテーブル席、なごやかな談話
ひとしきり、幾つかのグループが踊り歌う
訪れた静かな時
われ、遠い国からの孤影
スコットランド民謡「古里」を唄う
遥かな異国の歌詞、メロディーはこの地
旅情の共感、詩情の共鳴、偲ぶ故郷
ささやかな拍手、あたたかいまなざし
窓に夕陽射し、入江の風、波の香り
暖炉の薪火、パチパチと燃ゆ

タトラ山脈の嵐

タトラ山脈、天空の山嶺
ポーランド、スロバキアの国境
史実を直視し、そびえる峰々
高原、あい色の湖、岸のほとりの山荘
朝もやの湖面、水鳥、水ぎわの横道
湖水と別れ、原生林を行く
巨樹の枝、幹に、苔、植物
木々の枝に咲くラン
青葉にこぼれる陽光の花弁のよう
小鳥の声、身近に、渓流の水音

冬の雪、嵐に屈曲した這松

ごろごろ、でこぼこ、むき出た岩石
熱暑の山路、汗にまみれ、火照る全身
幼い息子、娘を手製の荷台に背負う若い夫婦
ともにみなぎる盛んな活力
ほほえみを交わしつつ、登りをいとわず
青年男女の一団
わいわいガヤガヤ、勢いよく先へ
老年のグループ、着飾った服の山姿
リュックも、色、形、実にさまざま
ゆっくりと静かに歩む
われ、歴史を辿る遍歴者、苦悩を胸に
ポーランド平原、そして山岳を巡る

巨岩、奇石の隆起した山地
ゴウゴウとほとばしる湧水の落下

巌の間から湧出する流水
かたわらに湧き水、誰ものどを潤す
野イチゴ、ブルーベリーの実る原野
小さい粒は甘く酸っぱい
一望、心躍る原生花園
遠望、胸をいやす、山裾の牧草地、羊、牛
斜面に、草刈機の動き、点々と人影
日当たりのよい丘に家々、果樹園、畑
山里の教会の屋根、谷間の渓流
盆地の平野、蛇行する河

重なり合い、全面を遮る岩の壁
ごつごつした岩肌に鎖
鎖をたよりに上へ
矢印を目当てに、ひたむきに進む

岩場を越えた高地、静水の湖
湖面に山々の姿、くっきりと浮かぶ
湖の周り、いたるところに、大小の怪石
岩上に羽を休める鳥たち
草花の岸を走る小動物
砂地、小石、岩石の急峻な登り
涼気、峠の風
眼前に、ぎざぎざの岩峰の連なり
雲に隠れ、雲を裂き、天に突き立つ
ひときわ険しい岩の頂
岩壁の直下、紺青の湖
山容を映す氷河湖、周囲に散在する落石
あちらこちらの急斜面に雪渓
岩場に滝、水しぶきの虹
灰褐色の切り立つ断崖、壮絶な岩壁

アルピニストたちのザイル
山風の糸となり、生と死の間に揺れる
颪の叫び
遠く近く、絶壁に、落石のこだま
道ならぬ恋の別離の疼き
友情の断絶、決別の苦汁
亡き肉親たちへの哀惜
流れ雲の身の孤愁
クライマーたちの勇気への畏敬
自己の歩みへの不屈の気概
さまざまな心情のあらわな響きのよう
途切れては鳴り、消えては現れる
今にも崩壊近い突出した岩壁
あたかも、死せんとする者の悶え
滅亡にひんする、国家の迷妄

陥落迫る城壁の破局
くりかえされる歴史の悲劇
戦場の惨禍
隠蔽された経済崩壊を警告するかのよう
谷風に岩肌をさらし、直射日光に焼かれ
にぶい黄銅色に染まり
ひしひしと、緊迫した危機を告げる
瓦解の時は、今日か明日か

岩稜を彩る草花、植物
峡谷の草原、湖、森林、谷川
クマ、オオカミ、シカなどの疾駆する山域
冴ゆる風、吊り尾根の岩頭
一歩ずつ踏みしめ進み、刃の岩上を探る
颪に抗し、鋭い頂の鋒先に立つ

東西、視界の果てまで連なる岩峰
眼下、稜線のくぼ地に山小屋
谷底に濃霧、迫る冷気
明と暗、光と闇、触れ合う夕暮れの空
日は沈み、刻々と消え行く残照
痛む足をいたわりつつ、岩と岩をぬい
岩石の尾根道、目指す宿の灯

憩いの夕辺、山人は老いも若きも歌う
肌色のちがう人々、さまざまな言葉の会話
静寂のとばり、あたたかい寝袋
眠りを破る深夜の嵐、窓をおそう猛烈な風雨
ぎしぎしきしむ丸太組み小屋
不安、恐れ、哀愁、孤独
雷鳴、稲妻、暴風雨、地響き

追憶の霧はちりぢりに荒れ
悔恨、自戒、懺悔、悲愁
時は過ぎ去り、時はもどらない
あすの山路は未知なり

著者プロフィール

古田 光秋（ふるた みつあき）

熊本県天草松島の生まれ。
少年時代より登山に親しみ、四季折々、潮流の色彩の変化に詩情芽生える。
日本の山々、世界各地への登山、遍歴、巡礼を重ねる。
著書：『ソ連と呼ばれた国に生きて』（共著）JICC 出版局　1992年

遥かなる山河

2020年 6 月15日　初版第 1 刷発行
2024年12月15日　初版第 2 刷発行

著　者　古田 光秋
発行者　瓜谷 綱延
発行所　株式会社文芸社
〒160-0022 東京都新宿区新宿1－10－1
電話 03-5369-3060（代表）
03-5369-2299（販売）

印刷所　株式会社フクイン

ISBN978-4-286-21659-1